KB140659

새

도서출판
작가마을

사이펀 현대시인선 ⑦

새

이문영 시집

사이펀 현대시인선 7

새

초판인쇄 | 2020년 11월 20일
초판발행 | 2020년 11월 30일

지 은 이 | 이문영
기   획 | 계간 사이펀
주   간 | 배재경
펴 낸 이 | 배재도
펴 낸 곳 | 도서출판 작가마을
등   록 | 2002년 8월 29일제 2002— 000012호
주   소 | 부산광역시 중구 대청로 141번길 15-1 대륙빌딩 301호
           T. 051)248-4145, 2598   F. 051)248-0723   E. seepoet@hanmail.net

ISBN 979-11 - 5606 - 159 - 5   03810   정가 10,000원

※ 이 도서의 국립중앙도서관 출판예정도서목록CIP은 서지정보유통지원시스템 홈페이지
   (http://seoji.nl.go.kr)와 국가자료공동목록시스템(http://www.nl.go.kr/kolisnet)에서
   이용하실 수 있습니다. (CIP제어번호 : CIP2020048859)

※ 이 책의 무단전재 및 복제행위는 저작권법에 의거, 처벌의 대상이 됩니다.

※ 본 도서는 2020년도 부산광역시, 부산문화재단 지역문화예술특성화지원 '부산문화예술지원사업'
   으로 지원을 받았습니다.

．
．
．
．
．

시인의 말

어머니 아버지에게 날려 보내는

• 차례

2부

• 차례

새

이문영 · 사이펀 현대시인선 · 07

제1부

새

— 노을

허리 수술을 한 후

다리가 느려졌다

넘어지지 않으려고

풍선 인형처럼 팔 흔들며

서 있는 날이 많아졌다

조그만 바람에도

몸뚱이가 흔들리고

뒤뚱뒤뚱 내 삶의

질곡桎梏을 견디기도 했다

다리가 느려지니

생각이 느려졌다

작은 슬픔에도

노을이 물들곤 했다

생각나지 않는 숲에

생각나지 않는 나무 하나

살고 있었다

새

— 1979년 김장수 선생님

새는 기차를 타고 떠났다 겨울비 속에서 우리는 입김을 불어
대며 장난을 쳤다 새는 기차에 올라 창밖을 향해 손을 흔들었
다 우리도 손을 흔들며 웃었다 하늘을 향해 커다란 소리로 한
번 울더니 온몸이 젖은 기차가 움직였다 그때였다 웃으며 손
을 흔들던 새는 창에 얼굴을 대고는 온몸을 흔들며 꺼억꺼억
울었다 우리도 기차를 따라 한 줄로 날아가며 역사驛舍에 눈물
을 뿌렸다

새가 가고 우리는 고등학교로 뿔뿔이 흩어졌다

새
  — 행복

제대로 걸을 수 없는 아버지가
제대로 걸을 힘도 없는 어머니에게
이혼離婚하자고 한다
새들이 늙으면 날개가 아픈 것일까
아침마다 사과를 먹는다 아마도
아버지는 아픈 모양이다
사과 한 조각을 아버지 손에 쥐어준다
어머니 슬픈 눈에도 사과를 쥐어준다
우리는 아무 말 없이 사과를 먹는데
아아 행복하다
육십 삼년을 함께 살아온 고통이 행복하다
아버지와 어머니가 이혼을 생각할 때
잠시 찾아온 행복이 식탁 끝에서 반짝인다
그렇게 슬프다
이혼할 힘도 없는 아버지가

새

— 둘째에게

아들놈이
내가 입원한 병원에 찾아와서
고등학교를 자퇴하겠다고 말했다
비둘기 두 마리가
바로 앞 난간에 앉아
서로 마주 보고
바람에 흔들리고 있었다
아들놈 손을 만지작거리며
얼굴을 보며 생각했다
아아 좆됐다

새

— 내 속의 나

고등학생일 때 잠시 죽음을 생각하며 광안리 저녁 바다에 소주를 사들고 간 적이 있다 이별의 말들을 감동적으로 준비하고 짧았지만 나와 함께 해준 내 속의 나에게 마지막 인사를 하려 하는데 그가 조심스레 말했다 '조금 있다가 장정구 타이틀 방어전 있는데…'

그날 장정구는 이겼다

새

— 밀밭식당

엄마는 자유시장 지하에 밀밭식당을 열고 만둣국을 팔았다
직업이 없었던 아버지는 엄마 옆에서 조그맣게 지냈다 우리
가족은 국물 위를 떠돌며 서러운 날에는 만두를 먹었다 태극
기를 걸어둔 날에도 만두를 비장하게 먹었다 가끔 안방에서
싸우는 소리가 들리는 날이 생겨났고 그런 밤이면 나는 가만
히 엎드려 눈물로 싱거워진 만둣국을 먹었다 나는 대학 시험
을 보고 충혈된 눈으로 가출하였다

새
— 아름다운 것들

그를 처음 보았을 때 사람의 말을 하는 새라고 생각했다 끝
이 구부러진 긴 발톱이 책상 위에서 건들거렸고 주변에 깃털
이 마구 흩어져 있었다 그는 나의 음악 선생이었다 그의 열정
은 따뜻했고 작업실에서 나에게 불온한 무엇인가를 가르쳤다
나는 음악과 상관없는 아름다운 것들을 배우며 감동하였다

그에게 물어보고 싶다 그때 내가 배웠던 것은 무엇이었는지

새

— 벌판 이야기

1

겨울 벌판에는 바람이 살았다

2

통근버스에서 잠이 든 채
겨울은 가고 있었다
구내식당에서 김씨는 라면을 먹으며
가끔 벌판에 대한 이야기를 했다
전라도에 사는 누이가
보고 싶다고 했다
간격이 넓은 이빨 사이로
어눌하게 라면이 들락거렸다
부두 노동자 김씨는
합죽이 웃음을 지어 보이며
고향에 바람이 사는 벌판이 있고
벌판 한가운데 새 같은
누이가 있다고 했다

3

한동안 철야작업을 하며

우리는 공장을 떠나지 못하였다
추운 복도에 기대앉아
얼어붙은 빵을 씹으며
따뜻한 나라가 그리웠다
그러던 어느 날
김씨가 실종되었다
마지막으로 그를 본 사람에 의하면
김씨는 만취상태였고
울고 있었다고 했다
벌판에는 웅웅거리는 바람이 살았다
김씨가 벌판 어딘가
어둠 속 나뭇가지에 앉아
긴 울음을 토해내는 소리가
겨울 내내 들려왔다

4
벌판에는 바람이 살았다
바람 속에 흰 옷의 여자가
춤을 추고 있었다
시리고 아픈 겨울을 등지고

깊은 어둠으로 걸어 들어가는
새가 있었다

새

— 중광마을에서

사랑하지 않는 것들이 모여서 사는가 보다 사랑하지 않아서 불편을 모르나 보다 중광마을에는 하나님이 안계신가 보다 햇빛에 앉아있는 새들은 무엇인가를 기다리나 보다 오래된 약속은 절망인가 보다 사랑하지 않기 때문에 모여서 살 수 있나 보다

사랑을 잃은 새 한 마리, 휴지처럼 날아간다 한참동안 봄은 올 수 없나 보다 하나님들도 바쁜가 보다

새

— 움막에서

선진이를 좋아했던 용래를 무경이가 좋아했다 나는 선진이
와 용래와 무경이를 모두 사랑했다 사람끼리 좋아하는 것을
나는 빨리 알 수 있었고 사랑하는 방법을 어두운 움막에서 배
웠다 한 사람을 가슴에 두고 다가올 슬픔을 가늠하지 못하고
중학교를 졸업하였다 햇살 좋은 운동장에서 교복을 찢었다

새
― 엄마 생각 1

치과에 가면 나는 입을 아― 벌린다 선생님이 아프면 손을
들라고 하신다 선생님 말씀 너머에 가을이 올 것 같다 치과를
다니며 선생님 얼굴을 정면으로 바라본 적이 없는 나는 슬프
다 어릴 때 슬픈 엄마가 먹이를 물고 오면 양손을 들고 입이
찢어져라 웃던 생각

엄마 생각에 가을이 아프다

새

— 엄마 생각 2

 불쌍한 '양측 슬관절 내측 반월상 연골판이 파열'되었다는 진단을 받고 의사는 얼마나 아팠냐며 무릎을 더듬었고 나는 간질거리는 말문을 막았다 의사에게 더는 들키지 않도록 침묵하고 삶에 협력하거나 의존하지 말자고 생각했다

 불쌍한 '양측 슬관절 내측 반월상 연골판이 파열'되고 하늘로 날아간 엄마를 생각했다 그동안 알고 지내던 새들은 모두 하늘로 날아갔다 말을 하지 않아야 나를 찾을 수 없다 허망하게 발견되지 말자고 생각했다

새
— 후배의 공황장애

언제나
생각하는 나무와
언제나
생각을 말하지 않는
나무 사이에서

불행할까
불행이 먼저 알아볼까
두려웠다

새

나의 병명은
후골인대골화증이다
무척 마음에 드는 발병이다
몸속에 여덟 개의 쇠막대가 박히고
나는 처음으로 닥친 상황을
자랑으로 여기는 것이다
영원히 슬픈 새는 없다
고통이 자유를 잠식하지 않는다
수술이 잘됐다고 빙그레 웃는
의사도 한 마리 새일 뿐이다
발병 이후로 울음을 알았고
생각의 가지가 내 몸을 뚫고
공중으로 뻗어가는 것을 알았다
신비롭게 새들은 다시 날아올랐다
후골인대골화증을 앓는
석양아래 새들
그대가 숨막히게 자랑스럽다

새
— 부전시장

'하이고, 오늘은 바람이 좀 부네. 시원타.' 등이 굽은 새가 다리를 저는 새에게 말한다 '이래 더운데 뭐가 시원타 말이고. 할매는 거죽이 뚜껍어서 시원한 모양일세.' 절뚝이며 새가 톡쏘아 올렸는데 겨드랑이를 긁으며 등 굽은 새가 빙긋 웃는다

시원한 모양이다

새

— 정학(停學)

점심시간이었다 아이들과 학교 운동장 구석에서 담배를 피웠다 수십 명의 아이들이 내뿜은 연기가 구름처럼 뭉게뭉게 피었다 교무실 창문으로 체육선생님이 보고 있었고 우리는 뿔뿔이 도망쳤지만 멀리서도 식별이 가능한 몇 놈과 함께 잡혀 왔다 선생님은 현장에 있던 아이들 이름을 적으라고 했고 밀고자마냥 단짝들 이름을 제출하였다 나는 일주일 정학 처분을 받았는데 명단에 없었던 윤종이가 상담실에 자주 찾아와서는 고맙다며 빵과 우유를 넣어 주었다 우리는 새로운 단짝이 되었다

제2부

동굴

그림을 잘 그리는 여자아이가 제 남자친구에게 동굴을 그려서 선물했다 그리고 이런 말을 했다고 한다 '살면서 무서울 때는 이 동굴에 숨어 있어. 내가 찾아가서 안아줄게.'

이야기를 들으며 참 아름다운 동굴을 생각했다

시인

가만히 있으면 시가 써질 것이라 믿는 시인이 있었다 그는
움직이지 않고 살았다 컴퓨터 앞에서 생활의 대부분을 이루었
으며 생각들만 그의 주변을 서성이고 있었다 시인은 어느 날
그의 무의식이 절뚝이며 걸어나와 활자가 될 것이라는 것을
알고 있었다 그렇게 시인은 아주 오랫동안 가만히 있었다

가만히 있으면서 시를 쓰는 시인이 있다는 것을 사람들은 모
르고 있었다 이상한 것은 그 마을의 사람들이 모두 가만히 있
으면서 살아간다는 것이었다 그렇게 세월이 지나가고 있었다

어떤 개

—— 앙코르와트에서 만난

야자 쥬스를 입에 물고 그 개가 말했다 나라마다 사람들의 말은 다르지만 대한민국 개와 똑같이 짖을 것이기에 나는 알아들을 수 있다고 확신했다 더구나 그 개는 앙코르와트에 배설하는 특별한 개였기에 신뢰가 갔다 가족도 없이 숲속에서 잠들 것이고 아무런 계획도 없이 자유롭게 살고 있었기에 믿을 수 있었다

고흐는 왜 고흐를 살해하였을까 12

담배를 피우러 화장실에 간다
소변기에 어둡게 붙어있던
정체모를 벌레가 기어간다
창을 열고 담배를 피우다가
생각이 나서 돌아보니
다른 방향方向으로 가는 어둠
모른 척하고 돌아섰다가
다시 보니 벌레 한 마리
나를 보고 있다

벌레 보듯이

적敵은 정의롭다

 마징가는 싸우고 싶지 않았다 부수고 부숴도 다시 재생되는 적의 로봇이 어쩌면 정의의 편이 아닐까 나와 우리 편 로봇이 파괴되어야 이 세상의 정의가 바로 서고 바람직한 세상이 오는 건 아닐까 그리하여 적이 승리하면 그들이 행복할 것이니 반드시 내가 이겨야 할 필요는 없는 것 같다

 마징가는 싸우지 않겠다고 생각했다 지구의 멸망은 막을 수 없다

안녕히

창틈에 파리 한 마리
비틀비틀 기어가다가 멈춘다
가만히 보니 한쪽 날개 찢어져 있다
그래 그대만 찢어진 것은 아니다
그대만 꿈틀거리는 것은 아니다
목숨을 놓기 전에 꽃들도 꿈틀거린다
소낙비도 꿈틀거리며 내린다
제자리를 맴돌며 마지막 인사를 하는
슬프고 고단한 몸짓의 그대
하늘나라에서는 다치지 말고 살아라
조금만 더 꿈틀거리다가 가라
안녕히 파리야

권력

그는 배가 고파서 지렁이를 덥썩 물었는데 물 밖으로 끌려
나왔다 몸서리쳤지만 상대는 거대한 권력이었다 박수소리가
들리고 키와 몸무게를 측정하더니 그를 붙들고 사진도 찍었다
카메라를 처음 본 그도 엉겁결에 씽긋 웃었던 것 같다 잠시 후
거대한 권력은 그의 배를 가르고 머리를 싹둑 잘랐다

그에게 얼마나 배가 고팠냐고 묻지도 않더니

즐거운 카톡

동생아 대가리 크더니
누나 선물도 다 사주고 고맙다
내년엔 누나 가방 사줘~♡

딸이 아들에게 보낸 카톡이다 잔잔한 사랑이 보여서 즐겁다
하루의 끄트머리에서 매우 즐거웠고 약간 즐거웠고 즐겁지 않
았음을 구분하여 정리하는 습관이 있는데 오늘은 매우 즐거운
날이다 특별히 대가리가 즐겁다 하하 대가리!

떠날 때

만약 나에게 남아있는 시간이 모자라게 되면 속절없이 슬플 것 같다 떠나야 할 순간이 다가오면 남겨질 부끄러움이 없도록 흔적을 열심히 닦아야겠다 드디어 나 떠나면 사랑했던 사람들을 위하여 내가 불러 녹음한 노래를 장례식장에 틀고는 영정사진 속에서 따라 불러야겠다

주인

페르마타 팬션에는 하얀 개 두 마리가 살고 있었다 부지런하고 상냥한 중년부부가 일행을 반가이 맞아주었다 오랜 시간이 지나지 않아 우리는 이 팬션의 진짜 주인이 개들이라는 사실을 알게 되었다 페르마타 팬션에는 주인을 가장한 중년부부와 하늘에서 떠내려 온 구름과 절벽에 새겨진 큰 바위 얼굴과

주인인 하얀 개 두 마리가 살고 있었다

자국

  헤르만 헤세를 좋아하는 문학적인 개가 그녀의 엉덩이를 물었다 그렇게 세월은 흐르고 그녀의 엉덩이 푸르게 물린 자국은 사라졌다 그 훌륭한 개는 저쪽 세상 헤르만 헤세의 빛나는 정원을 죽은 채 돌아다닌다는

  기괴한 소문이 들려왔다

살생

스님 한 분이 마트에서 모기 파리 살충제를 샀다 살충제 겉면에 '해피홈'이라 쓰여 있다 모기 파리가 없어져야 행복한 우리 절이 된다고 누군가는 생각했던 것이다 또 '라벤더향'이라고 쓰여 있었는데 좋은 향기를 맡으며 파리 모기를 죽게하라고 누군가 배려했던 것이다 너무나 감사한 일이다

스님은 그날 저녁 모기 파리의 죽은 육체들과 엉켜 행복한 절에서 잘 주무셨다고 한다

은빛 늑대

나는 은빛 늑대를 좋아했다 팽팽한 실핏줄과 근육질 몸매를 좋아했다 싸늘하지만 집요한 눈빛도 좋아했다 달밤에 가장 높은 바위에서 하늘로 울어대는 소리가 들릴 때면 이불 속에서 나도 울면서 좋아했다 나는 초등학교 때부터 울면서 좋아했다

실종

바지와 윗도리가 옷걸이에 걸려서 소곤댄다 '너는 언제까지 이 사람에게 입혀서 살 거냐?'고 바지가 물어본다 윗도리는 속으로 '내가 좋아하는 사람이야.' 라고 대답한다 바지는 무슨 생각에 골몰하다가 잠이 든다

아침에 출근하는 사람에게 입혀가면서 바지는 윗도리가 보이지 않는 것을 알았다 사랑은 가엾다

나무

종일 아무 짓도 하지 않은
나무에 꽃이 피었다
제자리에서 꼼짝없이
잊혀진 나무는
자신의 몸에 핀 꽃이
대견하고 아름다웠다
아무 짓도 하지 않아야 피는
생명이 신기하여
그날로 정말 나무는
햇빛에 몸을 허락하지 않고
바람을 피해서 고개를 돌렸다
자신을 파먹는 곤충들에게도
가만히 있어야 했다
나무가 하는 인내 덕분에
꽃은 열렬히 아름다워졌다
가을이 왔다

벽

— 이상李箱 생각

　벽은 말을 하지 못하오 전깃줄에 가리운 벽은 입이 가리웠기 때문이오 한 마리 이상한 벌레가 벽을 타고 위에서 아래로 내려오오 벽은 무심히 방관한 채 자신의 목숨을 갉아먹는 벌레를 사랑하려 하오 내 손이 벽에 닿더라도 벽은 뿌리칠 줄 모르오 아마도 나는 침입자이고 벽은 힘없는 제국인 것이오

　하지만 나는 벽을 이길 생각이 없소 벽이 벌레에게 목숨을 갉히우듯이 나 또한 벽의 굴레에 가리워진 그리운 분신일 뿐이오

벽

― 발악, 깨진 유리로 반짝이는

벽에는 또 하나 은밀한 벽이 있다

너는 모를 것이다

쓸쓸한 벽은 필사적으로 발악한다는 것을

사람 가운데 남몰래 상처난 사람이 있다

너는 모를 것이다

깊은 절망으로 그가 날마다 발악한다는 것을

＊사진 : 1988년 탈옥수 지강헌 사건 (중앙일보)

벽

— 사랑은 특별하다

벽이 그녀를 본다 벽이 그녀를 보면 그녀도 벽을 본다 여자는 벽이 아니고 벽도 여자가 아닌데 그들의 사랑은 언제나 상처난다

여자가 하루는 벽 없는 집을 지어보리라 생각했다 생각은 커져만 갔고 일생동안 계속되었다 여자는 생각에 갇혀 벽으로 둘러싸인 집에서 죽고 말았다 주변에서 발견된 유서에는 '특별한 사랑'이라 씌어 있었다

벽

— 너에게

굶주린 독수리와

굶주린 아프리카 소녀가 만난

거리距離는

벽이다

* 사진 : 독수리와 소녀 (Kevin Carter作, 1994년 퓰리처상 수상)

두 어머니

무너진 건물 더미에서 네 마리 강아지가 구조되었다 어미 개
가 땅속을 향해 슬프게 짖으면서 구조가 시작되었고 살아돌아
온 강아지들이 어미에게 다가가자 새끼 얼굴을 일일이 핥아주
었다

강아지들이 구조되던 날 서울의 한 편의점에 여자아이가 맨
발로 뛰어들었다 헝클어진 머리에 코피를 흘리고 있었다 술에
취한 엄마가 목을 조르고 머리를 때렸다고 아이는 말했다

제3부

새

― 아버지 1

그는 멀리서 날아온 바람일지도 모른다 은은하게 내 곁을 지켜준 달빛이었을지도 모른다 그런 그는 요즘 말이 없다 그를 말하게 했던 그 무엇이 그가 말해야 했던 그 무엇이 육신의 지갑에 없는 것이다 그는 텅 빈 사람이다 부질없이 채워온 것들의 무게에서 드디어 벗어난 것이다

하루는 그의 아내가 여행을 가고 싶다고 했다 하지만 그는 가지 않았다 꽃병에 꽂힌 늦가을 꽃처럼 그는 아무데도 가지 않는다

새
— 아버지 2

어느 날 그의 울음을 보았다 가족들은 그의 울음에 아무런
관련이 없었고 얼굴이 일그러지면서 아주 오랫동안 맹꽁이처
럼 울어대는 그가 신기했다 무슨 일이 있었는지 그의 주위에
서 조심스레 수군댈 뿐 너무나 평온한 저녁이었다 울다가 무
슨 말인가를 지껄이다가 그는 옷을 입은 채 잠이 들었다

그날 이후 그를 생각하면 슬펐다

새

— 비밀

어느 여름날 엄마는 요양병원에서 돌아가셨는데 다른 요양원에 먼저 입원했던 아버지에게는 비밀로 하였다 아버지는 텅 빈 가을을 누워 계시더니 그해 겨울 침상에서 떨어져 돌아가셨다

아버지는 엄마가 궁금하였던 모양이다

새

― 천장을 본다

목사님이 나를
조용히 불렀다
작은 기도실에서
목사님은 나를 눕혀 놓고
신령한 손으로 어루만지며
기도를 시작하였다
누운 채로 눈물이 났다
천장에서 하나님이
나를 보고 있었다

새
　— 낙산사 1

불안과
사는 새가 있다

사는 동안
불안해서
속세를
떠나지 못하더니

불안해서
영면의 길을
가지 못한다

새

— 낙산사 2

배회徘徊하는 비는
쌓이지 않는다

마지막 사람은
마지막 생선을 사서
집으로 가고
빈 어깨에
비가 내린다

오늘은
마지막 새들도
빗속에 내릴 것이다

새

— 아침 뉴스

    그는 우파다 잠에서 깨자마자 정치 뉴스를 틀고는 좌파 정치 평론가들과 한바탕 난리를 친다 햇볕 좋은 날에는 광합성 작용이 필요하다며 해를 향해 두 팔을 벌리는 식물이다 오늘은 돼지갈비가 먹고 싶다며 반씩 돈을 내어서 무한리필을 다녀왔다 배가 부르면 기분 좋은 그는 우파다 외로운 사람이며 알고 보면 지울 수 없는 상처를 간직하고 살아간다 생각하면 사람들은 아프다 아픔 때문에 아침 뉴스에 대고 고래고래 소리치는 것이다

새
— 부산학원

대학을 떨어진 친구 여섯이서 부산학원을 다녔고 준백이만
부모님이 친구들과 거리를 두라고 하신다며 경남학원에 등록
하였다 어느 날 부산학원으로 준백이가 맞고 있다는 급한 연
락이 왔다 우리 여섯은 강의실을 박차고 날아올라 경남학원으
로 가는 버스를 탔다 준백이를 구출하러 가면서 상기된 얼굴
을 마주 보며 숨가쁘게 웃었다

새
— 엄마 생각 3

  엄마는 나를 두들겨 패고는 옷을 벗겨서 대문 밖으로 쫓아낸
적이 있었다 나는 대문에 붙어 오들오들 떨면서 잘못을 빌었
다 나도 모르게 '씨팔'이라는 욕을 했다는 이유로 두들겨 맞았
던 것이다 대문이 열리고 용서한 엄마는 따뜻한 손으로 종아
리에 연고를 발라 주었다 잠시 후에 자장면과 짬뽕이 왔고 나
는 자장 범벅 입으로 엄마가 주는 짬뽕 국물을 후루룩 먹었다

  상처는 쓰리지만 짬뽕 국물은 씨팔! 맛있었다

새

— 기욤 아폴리네르

사람이 사람 가운데서 죽듯이
새는 새들 속에서 죽는다
모자를 걸어두는 투명한 못에
구부러진 생애를 거는 것이다

군화를 저벅거리면서
새벽이 플랫폼을 떠나고 있다
보이지 않는 이념을 흔들며
무의미한 절망을 기대는 것들
반짝이며 뛰어다니는 빗방울
멀고 먼 프랑스 마을
시인은 이미 지독한 독감에 걸렸다

별 총총 밤하늘에
직각으로 걸린
새

새

— 일광을 지나며

트럭에서 사과를 팔고 있는 사내를 본다 빨간 해병대 모자를
쓴 그의 단단한 팔뚝이 빛나는 것을 본다 사내는 한여름 햇빛
속에 장사에는 관심이 없다 휘파람을 불고 휴대폰을 마주 보
며 낄낄 웃는다 옹기종기 사과들도 빨간색으로 반짝이며 따라
웃는다 생활에 지친 트럭도 허허 웃는다

지나가던 새도 똥을 싸며 웃는다

새

― 혼잣말

감사하게도
나는 날 수가 없다
감사하게도
나는 아플 수 없다

새를 알고부터
눈물이 많아졌다
감사하다

나는 아버지가 있었는데
나는 엄마가 있었는데
지금은 없다
감사하다

새

— 재활

언제 퇴원하냐고 물어본다 빠르면 다음 주에 퇴원한다고 전화기 저편에서 새가 말한다 재활은 하겠지만 날 수 있을지 자신이 없다고 한다 병원에서 자꾸만 빨리 나가라고 해서 눈치를 보고 있다고 말한다

마음을 다친 새는 재활하지 않는다

새

— 비보悲報

흙먼지 가운데 그를 보았다 날고 있거나 하늘에 박혀 있어야
할 그가 땅에서 발견된 것이다 아주 오랫동안 땅에 있었던 것
처럼 멍한 눈빛이 반짝이고 있었다 나무 이파리 하나 천천히
내려와 작은 몸을 덮어 주었고 청동 십자가가 가만히 눈물 글
썽이고 있었다

조간신문이 비보를 싣고 날았다

새

― 새야

전인권은 무대에서 일어서지 않는다 마치 한 번도 일어선 적
이 없는 것처럼 한 번도 날아본 적이 없는 새처럼 그래서 그의
노래는 슬프다 검은 안경에 가려서 보이지 않는 울분이 평화
롭다 그의 노래는 아주 멀리 날아가고 그 먼 곳에 일어서지 않
는 함박눈이 내린다

전인권은 절실하다

*새야 : 전인권 자작곡

새

이문영 · 사이펀 현대시인선 · 07

제4부

허락

아무 생각 없는
개 한 마리
키우고 싶은데
아내가
허락하지 않는다

나는
아내에게
생각 없는
개다

인사

캄보디아 원숭이는
캄보디아에 있을까
원숭이 뒤에
야자수 있을까
생각에 있을까

캄보디아 원숭이는
물소보다 어렸을까
물소보다
꼬리가 길었을까
둘이 본 적이 있다면
헤어질 때
인사는 했을까

짧은 시

그동안
어둡게
살았나 보다
자랑스럽게도

고양이들

— 영락공원에서

가는 길에 비가 왔다
무덤마다 젖은 꽃들이 흩어져
무릎을 껴안고
고개를 숙이고 있었다
나뭇잎들이 무거웠던지
커다란 나무가 기울어져 있었다
공원 입구부터 빗줄기가 굵어졌다
부모님을 만나러 왔다
무슨 인사말을 꺼낼지
담배를 물고 잠시 고민하는데
고양이 한 마리 옆을 지나며
아무 말 안 해도 알아
그냥 쓰다듬어 주기만 해도 돼

영락공원을 내려오는데
기울어진 큰 나무 아래
대여섯 마리 고양이가
비를 피해 모여 앉아 있었다
오늘은 사람을 보지 못했다

죽은 자들과 가까이에서 사는
말하는 고양이들만 만날 수 있었다

기도

늙은 권사님이 기도한다
세상의 병마를 물리쳐 달라고
두 손을 모으고
나는 생각한다
하나님이 가엾다
악한 세상에서
승리하게 해주실 것을
믿어 의심치 않는다는데
두 손을 모으고
악한 나는 생각한다
하나님에게 미안하다
권사님은 눈물을 글썽이고
사람들은 아멘 아멘을 외친다
하나님은 참
외롭고 힘들겠다

영화배우

식당 여주인이 조심스레 영화배우냐고 묻는다 나는 대답하지 않았다 딸이 친구에게 내 사진을 보여주었더니 너희 아빠 영화에서 본 것 같다고 하더란다 딸은 대답하지 않았다고 한다 오해받으며 사는 것이 조금은 부담되지만 어쩔 수 없지 않냐 생각한다

나는 영화배우일지도 모른다

슬픈 나라

어느 나라에서 심하게 훼손된 길고양이 사체가 발견되었다 목격자는 슬픈 얼굴로 말했다 나무는 썩어 있었고 나무의 갈라진 틈에 끼워져 있었다고 고양이는 껍질도 없고 내장도 없었다고

어둡고 슬픈 우리나라 만세

양정마을의 암소

나는 폭우로 침수된 지붕 위에서 비를 맞으며 산통과 싸우고 있었다 비가 그치고 사람들이 지붕 위의 소들을 구조하기 시작하였다 나는 내 뱃속의 새끼와 끌려가지 않으려고 버티었다 사람들은 마취총을 쏘았고 나는 쓰러졌다 그 흐릿한 밤에 몽롱한 쌍둥이를 낳았다 행복하고 비실비실 몽롱하였다

하늘에 계실 우리 아버지

로또복권을 산다
살아계실 때
자주 복권을 사던
우리 아버지 생각난다
복권 세 장을 들고
복권판매점 벽면에 서서
하늘에 계실지도 모르는
우리 아버지에게
기도를 올린다
살아계실 때
당첨의 이력이 없는
우리 아버지에게
당첨을 도와달라고
기도를 하는데
씨익 웃음이 난다

사다리

사람은 저마다
천국으로 가는 사다리 하나 가지고 산다
천국은 사다리 끝에 있다고 믿는데
어떤 믿음직한 사람이
천국은 그대 마음에 있다고 말한다
그 사람과 자유시장에서 국수를 먹는데
천국이 어디에 있는지가 무슨 문제가 되며
내가 꼭 가야만 하는 곳인지도 모르겠다
믿음직한 사람은 혼란스러운 혀를 가졌으며
믿음이란 결국 불신이라는 생각을 한다
나는 사다리에 앉아서 생각한다
천국은 없다

산사음악회

주지스님과 마주 앉아
음악회 공연 계획을 세우는데
스님께서 유명 가수를 소개한다
중국에서 건너온 차를 나누는데
산사의 뜰에 햇빛이 반짝거린다
스님도 지극히 인간이며
스님도 속세에 관심을 끊을 수 없는데
기분이 묘하고 야릇하다
공연기획을 하는 사람이
가수에 대한 정보를 제공하고
예산에 대한 계획을 말씀드리면
차를 한 모금 그윽히 드시면서
말없이 고개를 끄덕여주실 줄 생각했다

주지스님께서 소개한 가수가 활약한
산사음악회는 대성공이었다

담배

　담배를 끊어야겠다는 결심을 끊어야겠다 세상에 두려운 것이 별로 없는데 담배 끊은 사람은 모질고 무섭다 작정하고 무엇인가를 단숨에 끊어내는 사람이 존경스럽다 모든 것들과 단절하고 완벽하게 고립된 사람이 그리워진다

　날마다 세상이 끊어진다

달빛콘서트

  나는 매일 달빛콘서트에 있다 적당히 은둔할 수 있고 불온한 사색을 할 수 있는 곳이다 해가 지면 1층과 2층 계단에 불을 켜 둔다 계단을 올라오는 사람들은 밝은 계단길을 너무나 고마워 한다 하지만 내가 불을 켜는 이유는 내려갈 때 내 앞길이 밝았으면 함이다

  언제나 내려가는 길은 어둡다

*달빛콘서트 : 저자가 운영하는 문화공간

비 내리는 호남선

　딸이 꿈을 꾸었는데 내가 무슨 시인상인가 작품상인가를 받았다고 한다 그런데 내가 쓴 시의 제목이 '비 내리는 호남선'이란다 야릇하고 신기한 꿈이다 잠들어 꾸는 꿈은 깨어서 꾸는 꿈보다 아름답다 아마도 나는 전라도에 그리운 인연이 있는 모양이다 겨울날 호남선이 있는 그 땅에 가야겠다 완행열차를 타고 꿈에서 수상한 시인상인지 작품상인지와 스멀스멀 눈길을 달리고 싶다

줄

줄 서는 것을 배우고
가지런히 줄을 맞추어야 하고
만약 그것을 벗어나면
힘든 일을 예감해야 한다
위험한 세상에는
형형색색의 줄이 있고
늘 긴장한 자세로
가느다랗게 끈적여야 한다
집들도 나란히 줄에 서 있고
바람도 줄지어 돌아다니는데
문득 줄 서지 않고도
그것과 무관하게
행복한 세상 있을까
너무 오래 서 있었으니
사람은 아프다

충고, 문 앞에서 울고 있는

문을 열고 가거든
돌아오는 길을 기억하지 마라
돌아올 수 없어야 사랑이다
가을이 가고
나무들이 일제히 떠나는 것처럼
떠나거든 그 자리에서
꽃을 만나 피어나고
꽃으로 살아가라

돌아오지 마라
돌아오거든 문을 열지 마라
열쇠를 눈길에 잃어 버려라
그래야 사랑이 슬프다
두드려서 아프지도 말고
눈을 감고 참아야 한다
겨울 들녘에 핀
꽃 한 송이 가슴에 피워 올려라
그렇게 떠나간 자리에서

보호

보호소에는 죽은 개들을 실어내려고 트럭이 서 있고 안락사 시킨 개들이 마대자루에 담겨 있다 꺼져가는 성냥처럼 아직 숨을 할딱거리는 개도 있고 오줌을 지려서 육신이 젖은 처량 한 개도 있다 트럭은 전조등을 켜고 그 불빛은 생명을 비추고 슬픈 광경이다

보호받지 못한 그들이 보호소를 떠난다

악행

콩나물국밥과 수제 함박스테이크는 이웃에 사는데 그는 매일 콩나물국밥을 먹는다 단 한 번도 먹지 않은 수제 함박스테이크는 돌연 자취를 감추었는데 그 후로도 그는 매일 콩나물국밥을 먹는다

그것은 악행이다

단풍나무에게

이 계절이 가고 나면
상처만 남겠구나

폐인廢人이여

한 번 더
무너지겠구나

어쩌나

웅크린 실존, 비상하려는 영혼

– 이문영 시집 『새』

정 훈
(문학평론가)

웅크린 실존, 비상하려는 영혼

―이문영의 시 세계

　표제작에서도 느낄 수 있듯 이문영의 이번 시집 『새』는 '새'로 은유된, 아니 마치 새로 화한 인간의 삶과 사유들이 펼쳐져 있다. 새는 작지만 자유롭게 허공을 가로지르면서 날아가는 존재다. 그렇기에 우리 인간은 오래 전부터 새를 동경하고 그리워했다. 새로 형상화한 숱한 시편들이 이를 증명한다. 그만큼 인간은 유한하고 근원적으로 구속된 존재인 것이다. 이문영은 유년의 기억과 실존적 고통을 통해 인간이 겪을 수밖에 없는 깊은 고통과 상처를 노래한다. 여기에는 그리움도 실려져 있고 이상과 동경도 들어 있다. 무엇보다도 그의 시를 규정짓는 가장 기본적인 토대는 실존의 그늘이다. 실존, 이는 참으로 무거운 말이다. 어깨를 짓누르는 삶의 짐들을 지탱해야만 하는 운명을 인간은 지녔기에 중력의 자기장에서 자유롭지가 않다. 시인은 세계와 현실과 불화할 수밖에 없는 심정을 노래한다. 모든 시인들이 아마도 그럴 것이다. 이문영도 예외일 수 없다. 그의 시들에는 천천하고도 묵직하게 몸과 마음을 내리누르는 공기가 느껴진다. 아픔과 상처의 더께가 오랫동안 쌓여 무덤덤해진 삶의 테두리에서 내뱉는 말들이기에 그렇다. 이 말들의 출처를 더듬다보면 너나 할 것 없이 부딪치면서 겪게 되는 일상의 풍경들이 있다. 그렇지만 똑같은 일상이라도 어떻게 받아들이고 소화하면서 감각화하는지가 시인과 범부凡夫를 갈라놓는다. 다음의 시를 보자.

> 나는 매일 달빛콘서트에 있다 적당히 은둔할 수 있고 불온한 사색을 할 수 있는 곳이다 해가 지면 1층과 2층 계단에 불을 켜 둔다 계단을 올라오는 사람들은 밝은 계단길을 너무나 고마워 한다 하지만 내가 불을 켜는 이유는 내려갈 때 내 앞길이 밝았으면 함이다
>
> 언제나 내려가는 길은 어둡다
>
> – 「달빛콘서트」 전문

위 시에서 언급한 불의 이미지를 생각한다. 불은 밝히는 것이고, 또 그 자체로 뜨거움을 발산한다. '달빛콘서트'에 상주하는 시인은 그 장소가 마련하는 아늑한 온기를 만끽한다. 그러면서도 "불온한 사색"을 즐기는 곳이기도 하다. 그리고 계단 사이사이에 불을 켜두는 데, 그 이유는 "내려갈 때 내 앞길이 밝았으면" 하기 때문이다. '앞길'은 시인의 앞길이기도 하고 미처 도래하지 않은 삶의 얼굴이기도 하다. 실존의 기력이 떨어질 때쯤 누구나 허둥대기 마련이다. 시인은 "언제나 내려가는 길은 어둡다"고 해서 인간이 부딪칠 수밖에 없는 존재의 궁극점을 연역하지만, 그래도 앞길이 밝았으면 한다는 마음을 숨기지 않는다. 인지상정이다. 누구나 그런 마음을 품고 산다. 그런데도 인간이 예기치 않은 환경과 사건을 겪으면서 좌절하게 되는

숱한 체험들 속에서는 앞날에 대한 불안과 두려움은 어쩔 수
없다. 이런 감정의 상태를 '불'로 형상화한 것이다. 미래는 아직
오지 않았지만, 지금까지 생활인 혹은 시인으로서 겪었을 어둠
의 터널을 더 이상 지날 수 없다는 결의가 엿보인다. 하지만 이
러한 결의, 혹은 다짐도 세계의 우연성과 의식하지 않은 돌발
성 앞에서 여지없이 무너지기 마련이다. 여기에서 절망이 싹튼
다. 절망은 희미한 희망을 불러오고, 이러한 희망은 또 다시 삶
에 대한 의욕과 생기로움을 가져다준다. 「달빛콘서트」는 시인
의 일상체험 속에 스며든 삶의 그늘과, 이 그늘을 지우려는 시
인의 마음이 결합하여 형상화한 시인 셈이다.

> 감사하게도
> 나는 날 수가 없다
> 감사하게도
> 나는 아플 수 없다
>
> 새를 알고부터
> 눈물이 많아졌다
> 감사하다
>
> 나는 아버지가 있었는데
> 나는 엄마가 있었는데
> 지금은 없다
> 감사하다
>
> —「새 – 혼잣말」 전문

새 연작 시편들 가운데 한 편이다. 위 시 전체가 역설로 이루

어져 있다. "감사하다"는 마음을 꾸미거나 수식하는 내용들은 거의 감사할 수 없는 의미들이다. 날 수가 없어서, 눈물이 많아져서, 그리고 부모님이 없어서 "감사하다"는 말을 어떻게 받아들여야 할까. 쓸쓸하고 외로운 처지에서 나온 감사의 인사는 실제의 감사인사는 아닐 것이다. 그리워했던 것들이 사라졌을 때의 쓸쓸한 심사를 감추기 위한 수사요 알리바이의 말이다. 그렇다고 시인의 마음이 감춰질 수는 없다. 존재와 존재가 엮어내는 관계망에서, 생명을 이끄는 다정하고도 자유로운 형식의 삶의 모양이 일그러지고 가라앉는데서 비롯하는 절망감이 위 시에 가득 묻어 있다. 그렇기에 감사하다는 말은 오히려 한숨과 번민이 얽히고설킨 비명으로 들리는 듯하다. 시인은 시제에서도 나오듯이 분명 '혼잣말'의 형식을 빌려 말한다. 이 혼잣말은 세계와 주체가 도저히 소통하기 힘든 벽으로 가로막혀 있는데서 자연스럽게 나오는 말이다. 어딘가 꽉 막혀있는 듯한 이 세계를 느꼈기에 이런 혼잣말이 가능해진다. 혼자 중얼거리는 말 속에는 시인이 느꼈을 세계에 대한 환멸과 울분이 들어있다. 세상은 언제나 마음이 닿지 않는 곳에서 사람을 후려치기도 하고 밀어내기도 한다. 그래서 어느 때는 이 세상이 참으로 고맙게 느껴지다가도 한편으로 이 세상이 아주 낯설게 느껴지기도 하는 것이다. 주체와 세계는 이런 식으로 경계 지어 있다. 시는 갈라지고 찢어진 경계의 틈새를 메우려 해왔다. 서정은 주체와 세계의 동일시를 향하고 있기 때문이다. 그렇지만, 알면서도 늘 패퇴하게 되는 인간의 유한성 때문에 사람들은 세계라는 거대한 벽을 느끼면서 자신의 초라함을 인정하지 않을 수 없다. 인정認定 자체가 굴복을 뜻하지는 않는다. 수락의 일종이다. 세계를 수락함으로써 자신의 상태를 객관적으로 볼 수가있다. 시인은 감사하다는 말을 함으로써 이 세계의 아이러니와역설을 내비치지만, 어찌 보면 현실을 받아들이는 쓰디 쓴 감정의 상태에서 가까스로 나온 적극적이고도 능동적인 의식의메시지로 전환할 수가 있는 것이다.

> 허리 수술을 한 후
> 다리가 느려졌다
> 넘어지지 않으려고
> 풍선 인형처럼 팔 흔들며
> 서 있는 날이 많아졌다
> 조그만 바람에도
> 몸뚱이가 흔들리고
> 뒤뚱뒤뚱 내 삶의
> 질곡桎梏을 견디기도 했다
> 다리가 느려지니
> 생각이 느려졌다
> 작은 슬픔에도
> 노을이 물들곤 했다
> 생각나지 않는 숲에
> 생각나지 않는 나무 하나
> 살고 있었다

> ―「새 ― 노을」 전문

　현실의 수락과 인정은 그리 쉽게 이루어지지 않는다. 여기에는 고통을 감내해야 하는 의지와 힘들지만 꾸준히 삶을 일구어야하겠다는 결의가 포함되어 있다. 그래서 생명은 늘 빛과 그늘의 이중적인 속성을 내포한다는 사실을 깨닫게 되는 것이다. 「새 – 노을」에서 화자는 허리 수술 이후 달라진 삶의 패턴에 적응하기 위해 노력하는 모습과 아울러 의식의 변화에 주목한다. "다리가 느려지니/ 생각이 느려졌다/ 작은 슬픔에도/ 노을이 물들곤 했다"는 진술에서 몸의 변화가 감정과 의식의 변화를 불러오는 미세한 경위를 감각한다. 갑작스럽게 다가온 환경과 몸의 변화에서 사람은 대개 걸려 넘어지거나 뒷걸음질하게 된다. 이 시간 속에서 성숙과 정체停滯의 갈림길이 생긴다. 물론 간단한 문제는 아니다. 뜻하지 않게 찾아온 삶의 계기와 마디점은 어쨌든 결국 사람에게 반성의 기회를 주게 되어 있다. 아픔과 상처를 적응하고 극복하는 과정 자체가 성숙의 길을 걷는 일과 다르지 않다. 위 시에서는 분명하게 드러내고 있지 않지만, 상처를 수용하고 이겨내는 방식에서 빠지게 되는 깊은 회한과 사색의 공간에서 시적 형상화는 뚜렷해진다. 간단히 말해, 시인이 처한 몸과 마음의 실상은 "생각나지 않는 숲에/ 생각나지 않는 나무 하나/ 살고 있"다는 시적 상상을 불러일으키는 것이다. 이 까만 세계 안에서 시인은 갈피를 잃은 새처럼 웅크리고 있다.

　이문영의 시집 속에 가득한 아픔과 불운의 기억들은 시인이 처한 현재 심정을 알 수 있는 단서가 된다. 그는 실제로 아팠기 때문에 그의 시에서조차 아픔의 알리바이를 숨기지 않는다. 이와 다른 맥락에서 시인은 앓는 자다. 신음하면서, 비명도 지르면서, 때로는 흐느끼는 존재가 바로 시인이다. 뭇 사람들이 쉽사리 느끼지 못하는 감정의 굴곡들을 시인은 자주 매만진다. 그래서 한 편의 시를 보면 시인의 마음뿐만 아니라 시인이 처한 현실의 온도를 느낄 수 있다. 말하자면 현실의 풍속이 시를 통해 여실히 드러나는 것이다. 시인은 세계와 불화하기도 하지만 동시대의 사상이나 정신과도 쉽사리 동화하지 못한다. 왜냐하면 시인은 시적 창조를 일으키기 위해 끊임없이 의심하고 되돌아보는 존재이기 때문이다. 이문영은 이번 시집에서 당대의 의식구조나 통념과 마찰하는 체험을 형상화한 시들을 몇 편 선보인다. 다음의 시를 보자.

> 사람은 저마다
> 천국으로 가는 사다리 하나 가지고 산다
> 천국은 사다리 끝에 있다고 믿는데
> 어떤 믿음직한 사람이
> 천국은 그대 마음에 있다고 말한다
> 그 사람과 자유시장에서 국수를 먹는데
> 천국이 어디에 있는지가 무슨 문제가 되며
> 내가 꼭 가야만 하는 곳인지도 모르겠다
> 믿음직한 사람은 혼란스러운 혀를 가졌으며
> 믿음이란 결국 불신이라는 생각을 한다
> 나는 사다리에 앉아서 생각한다
> 천국은 없다
>
> ─「사다리」 전문

"천국은 없다"는 화자의 생각이 중요하다기보다는, 지인인 "어떤 믿음직한 사람"의 생각과 갈라지는 화자의 생각이 중요하다. 그러니까 "천국이 어디에 있는지가 무슨 문제가 되며/ 내가 꼭 가야만 하는 곳인지도 모르겠다"는 생각이다. 물론 사안을 두고 의견이 분분할 수도 있고, 시인이 아닌 다른 사람의 생각이라고 해서 쉽게 무시할 수는 없다. 생각이야 천차만별이며 누구든 사상이나 이념의 자유가 있다. 하지만 일종의 통념이나 고정관념이 대부분의 사람들의 사고를 뒷받침한다고 할 때 시인의 사고가 어떠해야 하는지 위 시를 통해서 가늠할 수 있는 것이다. 이데올로기란 선험적인 게 아니고 만들어지고 주어진다. 오랜 시간에 걸쳐 형성된 것이 바로 이데올로기다. 이데올로기는 사상이나 이념을 구성하는 틀이다. 그래서 한 번 특정한 이데올로기에 빠지게 되면 여간해서는 빠져나오기가 힘들다. 생각이 굳어지면 사고체계가 만들어지고, 사고체계가 만들어지면 삶의 양상이 형성된다. 그러니까 의식이나 사상이 그만큼 중요하다는 말이다. 시인은 당대에 만연한 인간들의 사고체계에 늘 의문을 품는 사람이다. 다른 말로 꿈을 꾸는 사람이라고 할 수 있다. 꿈꾸는 자가 바로 시인이다. 그렇다고 해서 시인이 꾸는 꿈을 일종의 진리나 진실이라고 여겨서는 곤란하다. 왜냐하면 시인의 꿈조차 다른 꿈으로 치환될 수도 있기 때문이다. 쉽게 말해 한곳에 정주하거나 머물러서는 안 된다. 위 시에서 시인이 떠올린 생각조차 일종의 신론神論을 제시하기 위해서가 아니다. 시인은 말에서 비롯하는 믿음체계를 궁리한다. "믿음직한 사람은 혼란스러운 혀를 가졌으며/ 믿음이란 결국 불신이라는 생각을 한다"는 구절이 이를 말해준다. '믿음'이란 말은 신앙심과 별도로 사람들에게 구속력을 준다. 곧 흔들리지 않는 마음의 틀을 안겨다주는 것이다. 말이란, 그 말이 지시하는 의미체계와는 상관없이 사람들의 상상력에 빛깔을 던진다.

그래서 똑같은 말을 계속 쓰다보면 자신도 알게 모르게 특정한 말에 대한 사고가 굳어지게 마련이다. 믿음이 곧 불신이라는 시인의 생각은, 언어의 이러한 자동기술적 의미 교착 상태에 대한 풍자로도 읽을 수 있는 것이다.

줄 서는 것을 배우고
가지런히 줄을 맞추어야 하고
만약 그것을 벗어나면
힘든 일을 예감해야 한다
위험한 세상에는
형형색색의 줄이 있고
늘 긴장한 자세로
가느다랗게 끈적여야 한다
집들도 나란히 줄에 서 있고
바람도 줄지어 돌아다니는데
문득 줄 서지 않고도
그것과 무관하게
행복한 세상 있을까
너무 오래 서 있었으니
사람은 아프다

— 「줄」 전문

사람들 사이에서 쓰이는 말의 문법이나 체계에 대한 의심은 현실을 구성하고 지탱하게 하는 시스템에 대한 비판과도 상관이 있다. 「줄」에서 시인이 풍자하는 것도 이것이다. 흔히 '줄을 선다'는 의미에서 줄이 나타내는, 바람직하지 않고 올바르지 않은 사회시스템은 오래 전부터 인간의 정신문화 발전에 큰 장애가 되어 왔다. 불균등과 비윤리적 사회체계에서 인간은 점점

오염되어 왔다. "줄 서는 것을 배우고/ 가지런히 줄을 맞추어야 하고/ 만약 그것을 벗어나면/ 힘든 일을 예감해야" 하는 오늘날의 사회에서 "그것과 무관하게/ 행복한 세상 있을까" 자문하는 시인의 마음을 들여다본다. 시인도 물론 알고 있을 것이다. 인간사회에서 불합리한 점들이 이루 말할 수 없이 많다는 점은 주지의 사실이다. 뜻하지 않게, 그리고 의지와 무관하게 오점을 남기거나 헛된 방향으로 나아가는 사회의 얼굴은 개개인의 힘과 노력만으로는 어쩔 수 없다. 집단지성이 움직여도 요원하다. 그러니까, 우리 인간의 개개 실존과 공동체적 역사와 현재는 거대한 아이러니의 울타리 속에 갇혀 있는 듯 보인다. 일그러진 사회의 모습을 시인은 에두르면서 질타하는 것이다. 편리함과 요행으로 현재의 꼴을 갖추게 된 듯 보이는 현실에 시인도 마냥 지속적으로 저항하기는 힘들다. 시는 실천적 동력을 이끌어내는 미약한 출발은 될 수가 있지만, 시 자체가 사회적 실천을 추동하는 주된 수단일 수는 없는 법이다. 어디까지나 현실을 언어로 형상화하고, 이를 통해서 사람들로 하여금 우리 세계가 내포한 모순을 직시하게 할 수 있다면 시로써 성공한 셈이 된다. 그러나 보통의 사람들도 현실의 모순을 시시때때로 느끼고 한탄한다. 시가 사람들의 정신을 일깨우는 망치가 되면 좋겠지만, 그런 앙가주망의 노릇을 오늘날 시에 주문할 수는 없다. 인간이 느끼는 유한성과 모순의 상태를 시는 말로써 직시하고 형상화한다. 시인의 감성에 파고드는 현실의 두꺼운 벽을 느낄 수 있는 시편이다.

1
겨울 벌판에는 바람이 살았다

2
통근버스에서 잠이 든 채
겨울은 가고 있었다
구내식당에서 김씨는 라면을 먹으며
가끔 벌판에 대한 이야기를 했다
전라도에 사는 누이가
보고싶다고 했다
간격이 넓은 이빨 사이로
어눌하게 라면이 들락거렸다
부두노동자 김씨는
합죽이 웃음을 지어 보이며
고향에 바람이 사는 벌판이 있고
벌판 한 가운데 새 같은
누이가 있다고 했다

3
한동안 철야작업을 하며
우리는 공장을 떠나지 못하였다
추운 복도에 기대앉아
얼어붙은 빵을 씹으며
따뜻한 나라가 그리웠다
그러던 어느 날
김씨가 실종되었다
마지막으로 그를 본 사람에 의하면
김씨는 만취상태였고
울고 있었다고 했다
벌판에는 웅웅거리는 바람이 살았다
김씨가 벌판 어딘가

어둠 속 나뭇가지에 앉아
긴 울음을 토해내는 소리가
겨울 내내 들려왔다

4
벌판에는 바람이 살았다
바람 속에 흰옷의 여자가
춤을 추고 있었다
시리고 아픈 겨울을 등지고
깊은 어둠으로 걸어 들어가는
새가 있었다

— 「새 —벌판이야기」 전문

　이문영의 시에서 형상화된 아픔들은 비단 시인뿐만 아니라 타인의 것도 있다. 위 시에는 시인이 그간 만난 사람의 짤막한 연혁이 들어 있다. "부두노동자 김씨"의 이야기가 주된 내용인 위 시에 스며든 마음에는, 시인이 타인들을 어떻게 바라보고 생각하는지에 대한 철학이 들어 있다고 볼 수 있다. 벌판에 살았던 김 씨의 누이와 김씨, 그리고 이들을 상상하며 공감을 하는 시인. 모두들 새가 아니겠는가. 떠돌아다니면서 두고 온 고향의 공간과 사람들을 그리워하는 우리들은 모두 새다. 시인은 한 편의 서사와 같은 시를 썼다. 휑하고 스산한 겨울 한복판의 벌판의 이미지가 시에 가득하다. 사람이 있고, 사람이 있었고, 그리고 사람이 떠난 이야기에 귀를 기울이는 시인이 있다. 이문영의 시에는 새처럼 자유롭고 싶지만 어떤 연유 때문이었는지 결국 자유롭지 못한 존재들의 아픔과 절망이 그늘처럼 녹아 있다. 이것도 아픔이다. 웅크리면서 저 창공을 올려다보며 맘

껏 활공하고 싶은 마음을 접을 수밖에 없는 현실에 대한 개탄이 이번 시집의 핵으로 놓인다. 가고 싶지만 갈 수 없는 곳, 닿고 싶지만 현실이 용납할 수 없는 곳에서 시인은 상상한다. "시리고 아픈 겨울을 등지고/ 깊은 어둠으로 걸어 들어가는/ 새가 있었다"고 시인은 썼다. 새는 깊은 어둠 속으로 들어가지만 소멸되지는 않겠다. 언제든 비상할 수 있는 날개가 있으니까. 이문영은 자문한다. 새들은 언제 자유로울까, 라고. 슬픔은 우리를 찌르지만 찔리는 우리는 개의치 않아야 한다. 영혼은 날고 싶어 한다. 이문영은 날고 싶어 한다. 소박하고 단순한 시들이지만 결코 단순하지만은 않은 이번 시집에서 우리는 어떤 포즈를 취해야 할까 생각한다. 시인도 궁금할 것이다. 아픈 것들은 아픈 채로 허공에 점을 찍는다. 이 점은 하늘 높이 솟구치면서 남기는 흔적일 것이다. 아픔이 지나면 새로운 아픔이 오겠지만, 새로운 아픔은 아픔이 아닌 참된 행복의 살과 피가 될 것이다. 생명의 흐름은 복잡하고 다채롭다. 순환하면서 나아간다. 이것이 생명의 법칙이라면, 생명의 기록인 글 또한 마찬가지다. 때때로 그늘지고 어둡다가도 여명이 알게 모르게 찾아오듯 우리에게 앞으로 다가올 복된 미래의 빛깔은 어떤 색채일까 궁금하지 않을 수 없다. 시는 종착을 염두에 두지 않고 사람은 궁극을 알 수 없다. 어쨌든 앞으로 나아갈 뿐이다. 이문영 시집 『새』는 이런 상념들을 불러일으킨다. 정진을 바랄뿐이다.